세 계 시 인 선

0 1 1

대서양 연안에서

네루다와 함께

잭 마리나이

김구슬 역

서정시학

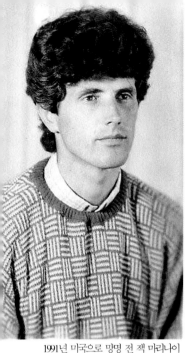

1991년 미국으로 망명 전 잭 마리나이

© Tonin Delaj

한 시인이 죽을 때마다, 내 안의 무엇인가가 죽어
간다.
네루다를 생각하며 나는 대서양쪽으로 걸어간다.

푸른 용의 두 눈과
최고의 세련미,
한껏 벌린 두 팔,
가장 숭고한 진지함,
그 파도에 새겨진 진정 영감을 주는 기억들로 고양
되어
대서양은 네루다의 사랑의 서정시와
해안의 반짝이는 페이지를 획획 넘긴다.

―「대서양 연안에서 네루다와 함께」 부분

대서양 연안에서 네루다와 함께

With Neruda on the Atlantic Shore

잭 마리나이 Gjekë Marinaj 지음

김구슬 옮김

나의 아버지, 닉 팔록 마리나이의 영전에 바친다.

2020년 5월

차 례

제2부

제 3 부

제4부

제1부

내 생애는 나무 싹 사이에서 꽃 핀다

봄이면 나는 다시 태어나는 것 같다.
이상한 일이지만, 나무들이 나의 둘째 엄마이다.
가을이 끝나갈 때면 감기에 걸리지 않도록
난 내 심장의 심실로 나무의 뿌리를 감싼다.

　나도 모르는 사이에, 가지들이 수액 가득한 튜브 속으
로 나를 빨아들인다.
　가지들은 나를 임신했지만, 별로 부풀어오르지 않는다.
　나는 겨울이 봄의 초록 손가락들 사이에서 숨을 거두
는 것을 본다,
　나는 어린 쌍둥이의 눈으로 나 자신을 본다.

　나는 계절들에게 아무 것도 숨기고 싶지 않다.
　내 생은 여름 나무들의 싹에서 꽃핀다,
　내가 그들과 영원히 연결되도록.
　나는 그들의 우유 한 방울을 마시고,
　그들에게 내 피 한 방울을 주었다.

꿈

난 마음속에서 그대와 함께 살아요
내 눈 앞에 흔들리는
그대의 초상과 함께

때로 그대는 내게 미소 지어요
때로는 눈을 찡그리기도 하지요
그대는, 사랑받는 하얀 새,
난, 꿈 속 새장.

아이들은 시간의 목걸이 속 진주

사랑은 그 자체로 팽창된 비전으로 엉켜 있다.
연의 끈들, 체인들, 낙하산 줄들은
꼬여서 매듭이 져있다.
무거운 것은 모두 매달려 있고
가벼운 것은 날아간다.

시간의 목걸이 속 진주인, 아이들이,
직유를 끼워 넣듯
아름다움과 광기가 원을 만들며 춤추는 것을 지켜본다

그들의 세계는 유리 꿈속을 항해하는
원추형 보트로 항해하고 우리 성인들은
돌고래에 불과하다.
우리가 인류를 위한 마지막 페이지를
찾을 수 없어 놀라고
내일의 검은 문자를
궁금해하고 걱정하는 동안,
그들의 세계는 항해하거나 천천히 나아간다.

이 아이는 소녀

이 아이는 내가 한 때 사랑했던 소녀.
소녀의 발걸음이 지나갈 때면 벨레시크[1] 산은 전율하
곤 했지.
그녀는 카스트라트[2]를 눈 멀게 하고 잠 못 이루게 했지,
그녀의 하얀 얼굴에 취해 태양은 하늘에서 비틀거렸지.

이 아이는 한 때 나를 사랑했던 소녀,
내 감정이 열화같이 일어날 때 감정은 충돌했지,
그녀는 신성한 존재, 그녀의 첫 키스로
나를 지상에 붙들어 매었던 실이 불타버렸지.

이 아이는 한 때 내가 사랑했고, 나를 사랑했던 소녀,
마치 죄에서 도망치듯 내 피를 질주하게 했지,
신성으로 변화시키는 그녀의 입술의 뜨거운 열기로
그 최초의 호흡의 순간은 정지되고 멈추어버렸지.

---

1) Veleçik 알바니아의 산.
2) Kastrat 알바니아의 소도시.

새 누이

새 누이가 막 도착했다,
우리의 유일한 어머니는 사—
시는 햇살로 토핑해
얇은 종이 깔대기로 부어
시의 우유로
우리 두 사람에게 영양을 공급해준다.

우리의 신세계에서 우리의 첫 시선은
감미로운 시로 매끄럽게 번역되었다,
꿩의 깃털보다 더 부드럽고 더 화려하고,
장밋빛 수평선보다 더 깊고 더 넓고,
아기의 첫 미소보다 더 순수하고,
우리가 공기를 필요로 하는 것보다 더 실제적인 시로,

그녀는 내게 시 한편을 헌사했다
그런데 옐레나는 시로 싹트지 않는다.

허나 그대가 어디를 보아야 할지 안다면,
모든 것이 거기에 있다,
그녀의 여행복보다
더 정성스럽게 포장되고,
동방 정교회에 들어설 때의
그녀의 모습보다
더 보수적인 자태로

순수한 사랑과
상호 "수줍은" 찬미의 선물로
그녀는 자기가 왜 그처럼 위대한 시인인지
스스로 보여준다.

그것은 호흡보다
염려의 시이고,
목소리보다 침묵의 시이고,
단어보다 의미의 시이다.

그녀의 마음은 너무 너그럽고,
그녀의 영혼은 너무 우아하며,
그녀의 목소리는 너무 서정적이어서
자신도 알아차릴 수 없을 정도이다.

그녀는 나의 새 누이,
옐레나여!

비

소년들을 아찔하게 만드는 가슴의 묘기로
소녀들의 입술이 그들의 명암의 꿈을 촉촉하게 적신다.
거기서, 사랑은 시들지 않는 꽃을 짠다.

비는
소년 소녀들과 노닥거린다
비는 그들을 손바닥에 놓고 그들의 베일은 한 땀 한
땀 풀린다.

자줏빛 침묵의 단추가 풀리고
근심은 젊은 여인들의 속눈썹 속에서 시가 된다.

해바라기

꽃잎에 담긴 아름다움의 뜨거운 열정과
흙의 칙령으로,
반쯤 펼쳐진 책처럼
해바라기는 무심하게, 온 몸을, 발가벗은 봄에 맡겼다.

해바라기는 태양이 온종일 돌보는 것을 의식하고
공간이 구석구석 신음하는 것을 느꼈다…
명상하며 속도를 줄이니
해바라기는 마음이 가벼운 식물들보다 덜 자랐다.

이다지도 순수하니, 어떻게 알 수 있으랴, 자라기 위해서
내려다보거나 당신 주변을 돌아볼 필요가 없다는 것을?

저녁

오늘 밤 저녁이 그 눈을 가려요
그리곤 그 속에 우리의 몸을 불어넣어요,
우리는 두 줄기 산란한 빛,
모든 예술 중 가장 친밀하지요.

꿈속에서만이라도

수많은 욕망의 요람 속에서 나 흔들리네.
평원과 산과 우주 공간을 나 날아다니네
그대 찾아서, 연인이여
지구의 가장 외로운 구석에서 나 그대 발견하네.
팔을 벌려 나 그대 포옹하네
내 꿈은 곧 더욱 비실현실적인 것이 되어버리네.
내 꿈은 놀란 참새처럼 날아가 버리네.
난 아킬레스보다 더 화가 나서 깨어나네.
연인이여, 절망을 죽이려면 어떤 총알을 사용해야 하
나요?

그대의 부재가 모든 것을 끝내주기를
적어도 내 꿈속에서만이라도.

상상 속 스케치

자아 상실과
시커먼 악취가 뒤섞일 때
인간은 망연자실해진다
마치 자기 꿈의 찌꺼기 속에 버려진 듯,
허나 그저 상상 속에
어설프게 걸려있는 스케치일 뿐이다.

거기서, 무대의 정면과 배면은
얇은 검은 커튼으로 덮여 있고
세상의
드라마를 아는 사람은 극소수일 뿐
그들을 배우는 무대에 올린다
당신은 의아해한다 어떻게 그들이
당신에게서 당신의 주제의 골수를 훔쳐갔는지, 인간을!

당신을 그리워하지 않으려 안간힘을 쓰며

내 감정은 감정의 머리를 그 무릎 위에 대고 탄식했네,
그리곤 애타게 그대 얼굴을 허공에 그려보고,
기다리면서, 내 입술은 물기를 잃고 메말라버렸네,
내 꿈들은, 눈물을 흘리며, 근심으로 창백하고 파리해
졌네.

겨울

그다지도 메마른 입술의 겨울의 차디찬 손가락들은
유대가 느슨해지듯 아직 가볍게 흔들리고…
겨울은 그저 재에 불과한 작별로,
봄의 가슴에 소년의 패배를 숨긴다.

그는 계절의 실망을, 침묵하도록 주조된
플라토닉한 감정을 숨길 수 없다.
그의 불꽃은 너무 약하여 봄의 심장 속으로
더 이상 들어가지 못하도록 하는 환멸을 가라앉힐 수
없다.

그는 비통한 나머지, 낡아빠진 양피 속에 움츠러들어
하늘의 천둥 속에서 길 잃고 죽어버렸다,
허나 봄이 되면 그 병든 희망이 깨어나니,
이제 봄은 옷을 벗고, 태양의 은유가 된다.

그러나 겨울은 이 수양버들 사랑을 피해
순간을 노동으로 바꾼다,

욕정의 세계에서 길 잃었다 다시 길 찾았으나, 더 높
이 올라

그는 잠시, 봄의 은하수 입술의 공격을 받는다.

그의 떨리는 턱은 자연의 법칙을 혐오한다,

겨울의 죽음은 봄에게는 꽃피는 것을 의미하기에,

그의 얼굴을 후려치는 힘, 쓰라린 진리의 선생은

찬 바람이 노래할 때, 결코, 결코, 울부짖지 않는다.

이 세상에 홀로

오늘 나는 어제보다
이 세상에서 더 멀리 밀려난 것 같다.

다시금 반쯤 말라버린 의심의 잔가지로
가린 은밀한 빈터가 앞에 보인다.

스스로도 알지 못한 채,
내딛는 발걸음마다

나는 내 무감각한 육신에서,
한 조각 살점을 강탈하고,

고향으로 향하는 길에 뛰어
내 이름을 보전하는 한 방울의 피를 강탈한다.

그리고 나는, 불운한 고고학자처럼,
초연한 채 그 희미한 소리를 포착한다.

오, 고독이여, 고독이여!

그대의 얼굴은 얼마나 스핑크스를 닮았는가!

그대가 말을 할 때면 그대는 내 안의 무엇인가를 불태우고,

담배 연기를 내뿜는 사람처럼 계속 나아간다.

클래시5

나는 불가능의 예술로 새로운 미로들을 파리라,

수평선의 햇살이 졸린 듯 희미하게 사라질 때,

나 그 메아리들이 접근하기 어려운 계곡의 가슴속에
머무는 그런 계곡이 되리라,

나 링 하나 건드리지 않고, 가뿐히 날아가는, 오디세우
스의 화살이 되리라.

나 참을 수 없는, 갈망의 소리를 모두 마시리라,

당신 곁에 있으려 제신들이 서로에게 기도할 때;

나 신이 되어, 누구와도 나누지 않고, 혼자 죽음을 지
키리라,

나 디킨슨이 동생을 만나, 자신에게 명명했던 그런 존
재가 되리라.1)

나 번개의 동사 시제들을 알아내리라,

그곳 하늘에 당신의 두 눈을 위해 그 눈의 도장을 남

---

1) 에밀리 디킨슨이 시인인 동생 휘트먼을 만났을 때, 그녀는
자신을 "Nobody"라고 소개했다.

겨 놓으리;
　나 인류의 자장가의 마지막 단어가 되리,
　미켈란제로의 망치가 끝을 내려치는 정점에 빛을 발하며.

　나 당신이 허락한다면 당신의 꿈속에 들어가 파문을
일으키리,
　당신의 지혜가 내 사랑의 총량을 헤아리기를 잊을 때,
　나 모짜르트가 당신을 위해 쓰지 않았던 교향곡이 되리,
　당신의 통로 표지판, 오선 악보가 되리.

　원자가 일상의 형식들을 통해 다시 순환하듯이,
　나 아름다움을 재정의하는 마력을 풍요롭게 하리,
　나 우리의 단어인, CLASSY5를 사전에 추가하리,
　아담의 갈비뼈가 왜 사과를 먹어야 했는지를 설명하리.

　나 죽은 자들의 무덤으로부터 그들의 희망을 부활시키리,
　당신과 같은 영혼들이 언젠가 행성에 살도록;
　나 사랑의 미로의 동굴들을 꽃다발로 만들어,
　무덤에 새겨진 셰익스피어의 이름을 로미오와 줄리엣
으로 바꾸리.

나의 세계를 나아가게 하라

나의 세계를 나아가게 하라, 오 손에 닿는 미풍이여.
지금은 과도함에 도취한 젊음이,
  잊혀진,
평화의 보드 게임을 하면서
붉은 바위처럼
  재빠르게 나아갈 때다.

이 고집스런 돌의
피를 분석해보라
  그러면 당신은
내가 당신에게 저항하는 것이
얼마나 불가능한 일이었는지
  알게 될 것이다.

사랑은 그것이 왔을 때
흡입해야 하는 마약이다.
  순수한 것은 죽는다.
그것이 떠날 때면—

바로 그 요람을 우리는 공연히 같이
　　　흔드는 체 했다.

그들의 미소를 부드럽게 해주는 비밀을 숨기기 위해
천사들의 날개를 잘라버리는 것은 죄악이다.
　　　그대는 내가 그대를 사랑하는 것을 알고 있다
금간 대리석 피라미드의 날카로움 때문에,
우리의 흐르는 용암의 석화 때문에,
암석권의 불꽃판 때문에- 그대의 것인, 나의 심장이여.

제2부

이슬이 산에 키스하듯, 아니 훨씬 더 감미롭게

봄은 내 발 아래 사하라의 초원을 만들고,
자신의 향기 지닌 그대의 은총으로 푸르르네.
나의 연인이여, 우리는 오직 우리만을 위해 그 처녀성
을 간직해 온
시트 위의 봉선화 꽃가루이어라.

여름은 내 피부 아래 애리조나를 불태우고
우리는 우리 얼굴 주위에 대기의 수분을 발산하네.
그대 모습은—하나님이 자신을 위해 간직한 그림—
그대의 오아시스가 목말라, 나 항상 따라가는 신기루네.

가을은 노란 비단 퀼트를 입고
부활로 우리 정신의 사랑을 감추고,
수많은 감정의 횃불이 내 육신에서 분출하여
그대 좋아하는 메아리를 햇빛으로 감싸네.

겨울은 옛 이교도의 선율을 휘파람 불며,
음탕하게 그의 수염을 배배 꼬며 그대를 뒤따르네,

그대가 미소 짓는 눈사태처럼 굴러와 나를 들어 올릴
때까지
이슬이 산에 키스하듯, 아니 훨씬 더 감미롭게.

화환 수목원에서

시를 쓰기 전의 하얀 페이지처럼,
나는 불타버린 오래된 수목원 가운데
나 자신 옆에 앉아 있다.
두 개의 하늘이 그것을 구분하는 언어 속에 길 잃은 채,
꼿꼿이 서 있는 것 같다.
내겐 이 공간을 채울 언어가 없다.

나의 피로는 텅 빈 부드러운 갈대 속에 안주하고,
갈대는 플루트의 우울한 비브라토를 내쉰다.
나는 얼마나 오랜 세월
영원을 기다려야 한단 말인가? 현세가 온통 슬픈 바이
브레이션이라면
혹은 내 피 속에 있는 꼬마 리어나,
맥베스를 좀 보여주는
숨결처럼 솟아나는 숨길 수 없는 수성水星이라면,
현세가 단지 이것이라면,
나는 이 오래된 정원에서 숨기고 싶지 않다,
두 세계의 절정을,

식물과 맥박과, 수액과 피를.

사막의 빗방울 하나하나는
황폐한 폐에는 생명이다.
그리하여 나 여기 왔노라
내 슬픈 짐을 지고
시간의 벽에서 튀어나온 돌처럼
혹은 그 단자端子가 더 이상 혀를 태우지 않는
방전된 배터리처럼.
나 여기 왔노라
여기, 이 가없는 가을에
공기를 들이마시고 싹을 틔워
바닐라 나무 그늘 대기 속으로 들어가기 위해.

24시간의 사랑

황혼은 우리가 어딘가 숨을 곳을 찾아야한다는 걸 감
지했네,
황혼은 모든 것을 초콜릿 색깔로 녹여 내리고,
조용히 킬킬거리다, 우리 얼굴의 붉은 홍조를 보고는,
사라져가면서 우리를 위해 비밀스런 기도의 노래를 했네.

자연 속에서, 자연스럽게, 본성에 따라 우리는 사랑을
나누었네.

초원에서 우리는 이른 새벽 첫 이슬 땀을 흘렸네,
밤의 부드러운 머리채로 우리는 낮의 가슴을 닦아냈네,
우리는 벽걸이를 치듯 꽃밭을 가렸네,
그리곤 가장 신선하고 청량한 은하수의 미소를 발견했네.
자연스럽게, 본성에 따라, 우리는 자연 속에서 사랑을
나누었네.

빌어먹을! 바람 속에 사는 사람들이 모두 어떻게 알아

버렸네,

수성이 하늘을 떠나 갑자기 바다 속으로 뛰어들었네,

태양은 엉덩이에 손을 대고 얼빠진 듯 우리를 바라보
며 거기 서 있었네,

그리고 대지의 늙은 힘센 자들에게 이 신비를 알렸네.

본성에 따라, 자연 속에서, 자연스럽게 우리는 사랑을
나누었네.

저쪽에서 헐떡이며 필사적으로 달려오는 혜성은 아랑
곳 않고,

즉각 꽃 꿀에 흠뻑 빠진 꿈처럼, 대담한 초저녁이

들어와, 그녀의 검은 셔츠의 위 단추 두개를 열었네,

그리고 우리를 위해 황금으로 씻은 달을 그녀의 목에
걸었네.

누이의 지연

누이여, 그대 향한 그리움이
내 마음 속 어딘가 황량한 초목 속
도금양 가지 잎들을 태워 버렸어요…
고요를 견딜 수 없어, 풀과 꽃들은
그대를 찾으러 뒤쫓아갔지요,
초원은 메마른 모습이었어요
화장기 없는——과부들처럼.

그대는 너무 오래 지체했어요, 이번엔.

나무들은 잎을 땅에 떨구었고
새들은 잎을 따라가지요, 그대를 찾아서,
낙엽이 그대의 발자국인 줄 알고
새들의 발걸음이 느려지고, 황량한 초목은 아파하지요
오랜 기다림 때문에.

그대가 타락한 내 영혼의 초목을
볼 수 없어 다행이에요
사랑하는 누이여, 봄의 선물을 가지고 오세요
나 그대 기다리고 있으니

누가 바다였던가

한 처녀가 옷을 벗은 채, 시인과 해변에 서 있었다.
바다의 잿빛 머리채가 일순 푸른빛으로 변했다―그리
곤 그는 다시 청년이 되었다.
그는 한 쌍의 돌고래를 심해에서 끌어 올렸다,
그 처녀의 귓불에 걸어 주려고.

시인은 자기 가슴에 모래로 원을 그렸다.
처녀의 우아한 아름다움이 사랑의 수문을 열었다,
그의 영혼에 즐거움과 행복이 솟아올랐다.
기쁨으로 반짝이는, 한 쟁반의 시들―
이것이 시인이 그녀에게 주는 최초의 선물이었다.

감미롭게 바다의 애무를 받으며,
처녀와 시인은 부드러운 키스의 날개를 타고 둥둥 떠
다녔다.

처녀는 바다를 더욱 바다같이 만들었다.
바다는 시인을 더욱 시인처럼 만들었다.
누가 바다였던가?―처녀인가 바다인가 시인인가?

하늘을 나는 꿈같은 사랑이여

나 부드러운 시선으로 그대를 애무해요
그리곤 무의식적으로 몇 발자국 뒤로 물러서지요...
고흐의 "해바라기" 앞에 서 있는 예술 애호가처럼.
그리곤 눈을 감고 저 먼 곳을 바라보지요...
내 피가 그대로 가득 차는 것을 느낄 수 있어요,
그대의 섬세한 아름다움에 취하지요
그리곤 지치고 목마른 슬개골에
몇 마디 말을 던지지요─남성적인 포즈를 취하며,
여전히 근접할 수 없는
그대 사랑의 잔을 따라─
물결 지며 생명수를 내려주는 천상의 돔.
우리 바로 여기서 사랑을 나누어요,
하늘을 나는 나의 꿈같은 사랑이여,
우리의 웃음이 지구를 감쌀 수 있는 이곳에서.

나 돌아왔어요, 나의 뮤즈여

나 돌아왔어요
가을 낙엽처럼 비틀거리며.
어떤 추진하는/빨아들이는 힘이 나를 다시금 내던져
그대 유리같이 매끄러운 진실을 향하도록 해요,
난 그것을 마주하면 무력하기만 하지요.

그동안 어디에 있었느냐고 묻지 말아요…
중요한 것은, 내가 지금 그대의 무릎에 있다는 것이예요,
깃털처럼, 알 수 없는 곳에서 그곳으로 떨어졌지요.

인생은 다른 사람들이 당신의 놀이를 방해하는 놀이지요.
그리하여,
나는 으스스한 삭풍에게 엄폐를 간청했지요…
산 자와 죽은 자를 익사 시키는
붉은 눈의 바다에
땀 흘리고, 욕지기나는 날들의 짠 내를 숨길 수 있을
만큼 오래도록.

<

지금은 미친 듯한 욕망에 집중하는 때이지요!

만약 내가 지구상의 먼지의 왕자가 되어
처음부터 끝까지 그림자들에 열광하는 눈에…
그 눈에 고통의 비밀을 전부 보여준다면 어떨까요?

아니야
차라리 거칠게 자른
산악인의 담배가 되어
사랑의 다발에 싸여, 함께, 화염에 휩싸여 오르겠어요.
아마도 우리의 연기는 누군가에게 잠시라도
그의 권태를 잊게 해줄 거예요…

나를 사랑해줘요, 내게 젖을 먹여주는 그대여
내가 아직 *끄*지 않은 담배 토막에서 연기 나오는
바람의 창에서 지쳐 내가 말한 들 어떠리오…

나 사랑의 끝없는 심연으로 여행할 때

아침이면 난 사랑으로 녹아 들고
나도 모르게 불타오르지.

저녁이면 하루의 걱정거리로(우리 시대의 걱정거리로도)
전전긍긍하다
나도 모르게 메말라버리지.

꿈을 꾸면서 나는 인류를 위해 죽지
(그런데 깨어 있을 때도 왜 그렇지 않겠는가?)
그리곤 나도 모르게 살아나지.

그리하여 난 더욱 사랑을 느끼지
나 끝없는 사랑의 심연으로
여행할 때.

흑백

나는 밤으로 신부의 베일을 만들었다
그런데 내 영혼의 찬 표면에
땀 냄새가 느껴졌다.

나는 세계가 흑백으로
나뉘어 있지 않다는 것을 알았고
나는 눈물방울처럼
황혼의 짙은 속눈썹에서 떨어졌다.

나는 액화되어, 갈망하며, 홀로, 공기를 마시고
연인들이 엄청나게 시끄러운 소리를 내며
서로 씹어대는 것을 바라본다,
허나 나는 어찌되었든, 어딘가에,
술 취한 평화처럼
여전히 지체되어 있다.

프리즘

우리의 손가락을 풀고,
우리의 입술을 벌어지게 하고,
우리에게 물러서라고
조용히 요구하는
그대 속눈썹 안의 이것은 무엇인가?

우리 처음 이야기를 나누었던
그 순간처럼
우리의 눈을 뜨게 하고
우리의 시선을 고정시키는
그대 뺨 위의 이것은 무엇인가?

나 떠나야하니
함께 갈까,
지나가며 속삭이는
그대 입술 가까이에 있는 이것은 무엇인가?

프로이드적 한 순간

이드는

내가 당신의 예기치 않은 키스에 응답해야 한다고 주장했다.

자아는

"마음대로 하라"고 내게 말하곤 입술을 꼭 깨물었다.

초자아는

내 가슴에 그 손을 얹었다:

"네가 이미 키스하고 있는 사람을 잃지 말라"

그녀는 수평선을 붉게 물들이네
— 한 소녀의 실루엣

그녀의 무언가를 그리려니 전율이 느껴진다.

부드러운 파도에 녹아든
폴리페놀, 색소의 기운이
살랑대는 빛의 날개가 장착되고
급박한 감정의 흐름에 의해 방향을 바꾼
사랑의 뇌 터빈을 내 머리 속에서 돌린다.

그녀의 응시로 숲의 축축한 공기는 한층 신선해지고,
스카이라인 주변의 하늘은
속삭이듯 작열하며 붉게 물든다.

저녁이 그렇게 일찍 잠들 리가 없어!
하늘이 어떻게 그녀에게 등을 돌릴 수 있단 말인가
초원이 사향 냄새를 풍기며 이슬에 젖고
로마의 비너스와 그리스의 아프로디테가 질투에 사로
잡힌 바로 이때에

<

이 새로운 여신을 보고?

황혼의 미풍이 환희로 액화되고,

그런 다음 그녀를 보호하기 위해 느슨한

원형질로 다시 응결된다.―마치 내가 존재하지 않는 것처럼,

달은 멋대로 살금살금 내려와

이를 허락하는 나무 가지 사이로

그녀를 들여다본다.

깎아 주기를 기다리는 너무 익어버린 블러드 오렌지같은.

거의 투명한 산언덕의 한 부분이

떨면서 수직 이미지가 되어

그녀의 실루엣의 완벽한 곡선과 일치했다.

이상했다

왜 자연의 법칙은 이다지도 가슴 터질듯한

자연의 경이를 막지 않는지…

저 먼 응시의 가시권에 들까 겁먹은 채

나는 자문해본다
어떻게 이런 천상의 존재가
하나의 음표로 포착될 수 있을까, 멀리서 보면
철제 난간을 배경으로 허리와 무릎이 수평을 이룬 음
표로?

나 지난 밤 어디에 있었던가?
―― 메이린과 프레더릭 터너를 위한 아침의 수수께끼

나무들이 속삭이고 싶어 하는 곳에
고요가 노래하기 원하는 곳에
꽃들이 자라나고 싶어 하는 곳에
되새가 즐겁게 물 마시는 곳에

강이 뱃머리를 팽팽하게 조이는 곳에
강물이 시에 잔물결 치는 곳에
펜이 생각하기 시작하는 곳에
달이 밤을 엿보는 곳에

해안이 은유인 곳에
물이 운율의 음보에 맞추어 말하는 곳에
별들이 빛을 쏟아내는 곳에
파도가 비밀스럽게 만나는 곳에

하나님이 초록 눈을 지니고 있는 곳에
강이 흘러 반짝이는 곳에
시가 하늘에 떠오르는 곳에
시인이 단어를 빛나게 하는 곳에

나이트클럽

부서지는 큰 파도가 바위에 철썩이듯
음악이 천정에 튀어 오른다.
물보라와 드럼 소리가
몸들 사이에 스며드는 것을 보라.
소녀들은 그들 자신이 발산하는 열기에 흠뻑 젖고,
곡선을 그리며 들썩이는 숨결이
파도를 일으킨다

그들 파트너의 발 놀림에서.
등뼈를 따라, 그리고 어깨뼈
끝을 따라
매달린 진주처럼
땀방울에 야간 조명이 번쩍인다.
손가락이 뒤엉키고
태양과 소금물처럼
입술이 입술을 따스하게 한다.
군중이 나를 향해 밀려오고,
수많은 입구만 있을 뿐,

빠져나갈 틈 하나 없다.

나는

홀의

느슨한 음표의

연무보다

좀 더 조밀해졌다.

제3부

말들

우리는 일생을 전진한다,

내내 앞만 바라보고,

뒤에 있는 것은 두려워 알려 하지 않는다.

우린 모두 이름 없는 자들,

우린 말이라 불릴 뿐이지.

　　울지도 마라,

　　웃지도 마라,

　　침묵을 지켜라,

　　듣기만 해라,

　　주는 대로 먹어라,

　　명령하는 대로 가라,

　　그런데 우린 누구 하나 똑똑하지 못하다.

왕의 말이었던 자는

고위직을 차지하고,

공주의 말이었던 자는

황금 안장에 앉고,

농부의 말이었던 자는

지푸라기 안장에 앉았지.

그들에게 불복했던 자는

항시 밖에서 잠잤지.

그러나 인간과 더불어 우리는 말로 남으리!

주일 기도

"아버지, 저들을 용서해 주소서, 저들은 자기들이 하고
있는 일을 알지 못합니다."(누가복음 23:34)

주일에 나는 공화국을 위해 기도했다.

식인종에게 동물의 발톱이 생겨
　　　야수로 변신하게 해달라고,
야수가 얌전해져
　　　인간이 되게 해달라고,
인간에게 날개가 자라나
　　　천사로 변하게 해달라고,
천사가 하늘에서 내려와
　　　시인이 되게 해달라고,
시인이 단어를 생각해내어
　　　시로 꽃피게 해달라고,
시가 변신하고
　　　변모하여

플라톤의 "객관적 진실"의 증거가 되게 해 달라고,

배심원은 유죄 선고를 하지 않는다

그녀는 가슴에
거꾸로 달린 두 개의 교회 종을 가지고 있다,
그러나 그녀는 신성한 교회는 아니다.

참 이상하게도
그녀 곁을 지날 때면 나는 십자가로 조심스럽게 성호
를 긋는다,
그러나 내 손에게 명령하는 것은 신앙이 아니다.

헬렌과 키르케가
그녀 안에 함께 녹아 있지만,
그녀는 그리스인이 아니다.

그녀의 시선과 마주칠 때마다 내가 죄악 속으로 더 깊
이 가라앉는다는 것을
나는 알고 있기에,
이제부터 나는 하나님에게 어떤 다른 천국도 요구하지
않는다.

그들이 오메르를 죽인 그날 이래로
— 알바니아의 전설적 영웅

그들이 오메르를 죽인 그 때부터 그 주간은 7일에 멈췄다.

귀족들의 고뇌에 찬 한숨이 산봉우리를 베어버리고

땅을 안개로, 바위를 구름으로 바꾸어놓았다.

지금도 아이쿠나[1]는 그녀의 아들에게 무덤에서 나오라고 외친다.

일어나거라, 일어나거라, 오, 나의 아들아!

너 없이는 사는게 사는게 아니란다….

버드나무 한 그루 외로이 저트바인 산 위에 서 있다.

오메르가 어머니로 여기도록 할릴[2]이 그의 무덤 머리맡에 심은 것이다.

무지[3]는 천둥을 울렸다—고통으로 가슴 아파하며, 그는 천둥을 울렸다.

(그런데 하늘은 비와 우박의 내재를 알리려 그의 천둥

---

1) Aikuna 오메르의 어머니.
2) Halill 오메르의 삼촌. 알바니아의 서사적 영웅.
3) Muji 오메르의 아버지. 알바니아의 서사적 영웅.

소리를 지키고 있었던 것이다…)

아들은 어머니의 눈물로 흠뻑 젖고 있었다. 빌어먹을!…

그는 자신의 가슴에서 나온 메시지를

동생의 머리를 굽어보는 근심 가득 한 버드나무 가지

와 하나 되게 했다.

(버드나무를 보아라, 어떻게 울고 있는지!)

그리고 그는 불꽃 사람 되어 번개로 불멸하였다.

알바니아

오늘밤 나 잠에서 깨어나리라
꿈을 깨우는 마스크를 쓰고,
나의 알바니아여, 그대도 그렇게 하기를 청하노니―
그대, 고통스러운 사랑의 종소리 사이로
인생의 미풍을 불어다 주는 숨결이여.
세월이 우리를 가지고 놀 듯
우리 시각을 가지고 놀아요.

오늘밤 우리 천국의 교차로에서 만나요,
그대는 나를 쉽게 찾을 거예요
우린 내면이 너무 닮았으니까요,
우리 안에는 미래의 시민들이 살고 있고,
그 거처엔 창살 창문도, 아이들의 아우성도,
어머니의 지친 웃음도 없을 거예요.

처음으로, 고요로 인해 하얀 침대 시트는
고통으로 단단해진 피부의 수분을 빨아들이게 될 거예요.
고립은 나신의 현대적 베일을 녹일 거예요.

나는 더러운 냄새를 풍기는 그대의 너덜너덜한 깃발
비슷하겠지요,

달의 잿빛 땅 같이 먼지 투성이인, 부트린트 같겠지요….

그대 이름의 철자가 나를 구원해주어요.

그대 목소리는 비상하는 뜨거운 모래처럼

고대의 파편화한 도시들을 비추고,

그곳에서 내 웃음의 얼룩덜룩한 가시는 시들어버려요.

나는 그대를 대면하고 싶어요,

그리고 내가 그대의 광휘로 눈 멀게 된다 해도,

나는 나 자신과 다른 사람들을 더 잘 볼 수 있게 될 거예요,

슈코더에게[1]

아니, 오늘 저녁의 창을 아직 닫지 말아요,

내 감정이 그대의 하늘에서 천둥 치게 해줘요,

슬픔에 잠겨 날아다니는 철새처럼, 내 감정은 노래하지요

"슈코더, 슈코더"—허나 소리쳐야 소용없지요.

오늘 밤 어둠의 촛불을 밝히지 말아요,

로자파[2]의 참을성 있는 고통의 식사에 초대하지도 말아요

---

1) Shkoder 북알바니아의 도시.
2) Rozafa 알바니아의 슈코더 근처의 성. 고대로부터 구전된
   로자파 성 건축과 관련된 알바니아의 유명한 전설로 유폐
   와 인간의 희생이 주요 주제이다. 3형제가 성을 건축하기
   위해 낮 동안 열심히 작업을 하나 밤이 되면 기초가 파괴
   되었다. 문제를 해결하기 위해 찾아간 한 현자는 다음과 같
   이 말했다. "정말 성을 완성하고 싶으면 내가 하는 말을 절
   대 아내에게 이야기 하지 말라. 다음 날 음식을 가지고 온
   아내를 벽 속에 생매장해라. 그러면 성의 기초는 영원히 유
   지 되리라." 3형제는 모두 아내에게 이야기하지 않겠다고
   맹세했으나 막내 동생만 이 약속을 지킨다. 다음 날 오후
   형제의 어머니는 이 사실을 알지 못하고 며느리들에게 작
   업 중인 아들들에게 점심을 갖다 주라고 말하나 두 며느리
   는 핑계를 대고 거절한다. 막내아들의 아내인 로자파만 점
   심을 가지고 나타나자 화가 난 남편은 아내에게 그간의 상
   황을 설명한다. 그러나 아내는 자신이 희생을 해 벽 속에
   매장되겠다고 하면서 다만 어린 아들이 걱정되니 한 가지
   청을 들어달라고 한다. "나를 벽에 가둘 때 오른 쪽 눈, 오
   른 손, 오른 발, 오른 쪽 가슴을 위한 구멍을 하나 남겨 달

69

내 갈망의 불길이 강하게 타올라

그대의 도시의 달에 밝은 태양의 옷을 입힐 테니까요.

그대의 극장의 날개를 펼쳐요―그들이 한때 날았듯이
―

그리고 높고 자유롭게 날아요, 그들 사이에 있는 그대 새여,

능력 이상의 것을 하려 한 미그엔3)은,

내 감미로운 시로 그대의 얼굴을 닦아 주겠지요.

상처 입은 별들이 향수에 젖은 한밤의 하늘을 가득 채워요,

이곳은 밤인데 그곳은 낮이겠지요.

그대는 그대의 감정을 쥐어짜버리고, 나는 메말라 있어요,

허나 그대의 장엄함이 내게 스며 들어 내 슬픔을 치료

해주지요.

라. 내게 어린 아들이 있으니 아기가 울면 내 오른 쪽 눈으
로 아이를 달래고, 오른 손으로 어르고, 오른 발에 지탱해
잠들게 하고, 오른 쪽 가슴으로 이유를 시작 하리라. 내 가
슴이 돌이 되게 하고, 성은 더욱 굳건하게 하라. 내 아들은
위대한 영웅이 되어 세계의 지배자가 되게 하라."
3) Migjen 알바니아의 중요한 시인이자 선생.

1973년 9월 23일
— 데보라 하딩에게

파블로 네루다가 죽었다.
나는 텔레비전을 *끄고*
내 눈물이
텅 빈 화면 속
내게 반영되고 있는 것을 보았다
그 흐느낌
정적의 가느다란 부서짐.

대서양 연안에서 네루다와 함께

한 시인이 죽을 때마다, 내 안의 무엇인가가 죽어간다.
네루다를 생각하며 나는 대서양쪽으로 걸어간다.

푸른 용의 두 눈과
최고의 세련미,
한껏 벌린 두 팔,
가장 숭고한 진지함,
그 파도에 새겨진 진정 영감을 주는 기억들로 고양되어
대서양은 네루다의 사랑의 서정시와
해안의 반짝이는 페이지를 획획 넘긴다.

우리는 대서양 가에 다리를 꼬고 앉아 있다가, 일어선다.
한없이 황홀하게 마주보다,
내가 얼굴을 찡그리며 알바니아어로 무언가를 중얼거
리자
그는, 생각에 잠긴 듯, 오세아니아어로 무언가를 웅얼
거린다.

곧 파도가 더 능숙하게 부딪쳐와,
시인의 책 표지 사진을 찍고는,
한층 섬세하게 내 주위에서 춤춘다
그 대양의 비밀 가운데 그들의 눈 안에 사진을 보관하도록.

개봉된 샴페인 병에서 분출하듯
파도는 그 입에서 하얀 포말을 내뱉고
인어들이 시인의 서정시 주변에서 춤춘다

코리반테스에게서 빌려와
모짜르트가 비밀스럽게 작곡한 음악에 맞춘 옛 왈츠
천국의 진정한 예술가들을 위한 찬가처럼,
이번 곡은 대서양조차 자신보다 더 깊은 것으로 받아들인,
리카르도 엘리에세르 네프탈리 레이예스 바소알토1)를
위한 것이다.

---

1) Ricardo Eliécer Neftali Reyes Basoalto 파블로 네루다의 본명.

보스니아, 1995

가까이에서 보면―불타는 육신
멀리서 보면―침묵의 언어

옆에서 보면 불타는 소리
내면은 눈물로 가슴 찢어지고

위에서 보면 잘 보이지 않고
아래에서 보면 처참하게 살해당한 것이고

절반은 정신 나간 듯 침을 질질 흘리고
또 다른 절반은 의식을 잃고 피 흘리고

보스니아인들의 삶―
그들의 마지막 총탄.

유엔―
항상 열려 있는 무덤의 덫들.

자화상

말로우는 내게 파우스투스로 은총을 베풀었다, 이제 나는
정신의 가치, 지식의 대가를 더 정확하게 깨닫는다,
나는 이제 적도의 곡선과 켄타우로스의 반인반수의 접목을
더 선명하게 본다.

고통의 문화에 대한 전망과,
원자의 비밀 핵의 해체와,
화학 폭발물과, 폭발의 결과—

이것들은 여전히 가스 기폭 장치에 대한
나의 공격적 전략과, 나의 방어 기제로 남아 있다.

*

종이만 응시하다 지쳐서
나는 내 육신의 한계를 넘어,

"너의 필요가 나의 필요보다 더 크다"고 스스로 중얼
거리게 한
    필립 시드니에게서 쥐어짜낸 성수聖水를 넘어 나 자신
을 발전시켜왔다.

    홍채가 흰자위보다 아직 덜 조밀하게 씌어진
    내 눈은 사랑과 고통 사이의 위험한 균형을 잡으려 애
쓰며,
    세상을 논리의 대립물로 몰고 간다.

    나는 키슬레브 행성과 함께 오르내린다,
    달에 남긴 우주비행사의 발자국을 망치지 않으려 조심
하며.

    *

    나의 대기는 삶과 죽음의 얇은 층이고,
    그 반구의 핵은 땀과 피의 핵으로 남아 있고,

그 생물권은 내 신경세포들을 연결시켜,
대륙권이 내 얼굴의 부끄러움을 가리게 해준다.

나는 어두운 혼돈의 법칙에 대해 고백할 것이 없다,
나는 침략의 어떤 서곡의 조짐도 혐오하며,
또 다른 사람을 위해 한 사람이라도 파멸하는 것을 혐
오한다.

밀턴이여, 나를 용서하시라, 허나
지옥에서 지배하느니 천국에서 섬기는 것이 나으리.

아케론의 나룻배를 타고

하계 下界를 흐르는 강들은
그 누구를 위해서도 자신의 소리를 낮추지 않고,
자신의 비참한 말을 끊임없이 중얼거린다,
황혼의 벌거벗은 몸으로
새로운 간선 통로를 파면서.

그들의 메시지는 포말의 점막 안에
생명을 지니고 있어
지옥의 초상화에 새겨진 비문을
죄 지은 자들에게 설명해준다:

만약 당신이 태어난다면
당신은 죄인이다.
만약 당신이 이 메시지를 읽을 수 있다면
당신은 여기에 있는 것이다.

사람들은 가능성의 델타란
단지 고통의 무도의 게임에 지나지 않는다는 것을 안다:

인생이란 이런 것이라는 걸:
우선 숨을 내쉬고, 그런 다음 들이 쉰다는 걸.

그 사이의 모든 것은
죄를 지을
기회에 지나지 않는다.

허나 어떤 본성적으로 정직하고
참으로 선한 행동에 대해서라면—그런 행동들은 어떤
판에 새겨지나요?

성서에 의하면, 그런 것들은
광기의 화로 밑에서 녹아서,
아케론의 작은 나룻배가 뒤에 남기는
물거품 이는 항적으로 흘러 들어가—

지옥의 문안으로 내던져지기 전
고대의 망령들의 턱에서 튀어나온

은화 같은
도가니 속에서 녹아버린다.

—물론—
이 악취 나는 지하 동굴에
질식할 듯한 지옥의 죽은 자들의 재를 불어넣어라
고대인들의 광기를
최신식으로 선언하면서.

그곳에선 반계몽주의자의 본능적인 망치가
죽은 자들의 이동을
불법거래하는 자들에 대한
원한을 철저하게 메질한다.

악마들은 문명의 미래를
지상에 투사한다:

재로 가득한 잿빛 실크로 뒤덮인 커다란 오븐처럼

새로운 문명의 지도를 그리는
성경보다 더 오래된
책을 찾아야 한다.

저기 지옥이 있다,
그것은 죽은 자들의 망령이
흐르는 강을 거슬러 올라가는
게토의 벽을 유지하는
현존하는 지도의 영원한 일부이다.

버질은 지옥을 신의 도시라고 명명할 때
무슨 생각을 하고 있었을까?

"이 위협적인 문들에 새겨진 글들은
그곳이 당신의 잘못과
당신의 끝없는 회개를 고해하는 장소임을
보여준다

"이 곳에서
현세에,
지옥은 천국의 기괴함과 기괴한 반대이고,
빠져나갈 출구 없는 장소이다."

COVID 19에 관한 또 다른 시
— 중환자실 간호사, 나의 아내 두시타에게,

만약 코비드 19가 당신을 침범한다면,
나 당신과 그 날카로운 공격을 견디겠어요,
당신의 천사 같은 치유의 손뿐 아니라
당신의 한층 신성한 영혼과 육체를 통해서도.

당신이 거의 죽어가는 사람들에게 생명의 입김을 불어
넣듯이,
사랑은 당신의 최선의 확실한 개인보호장비이지요;
만약 생명이 공유할 수 있는 것이 아니라, 한 사람만
을 위한 것이라면,
그렇다면 여기서 생명은 당신이나 나를 위해 만들어진
것이 아니었지요.

우리는 서로의 폐를 산소호흡기로 사용할 거예요,
연민의 숨결이 그 사이를 순환하겠지요;
제신들도 그들의 경쟁자인, 우리에게 미소 짓겠지요,
하늘의 두 개의 문들 중 하나로 우리는 들어갈 거예요:

<

비 오는 하늘을 뚫고 저곳으로 올라가거나,
눈물과 탄식의 이 세계 이곳으로 내려오거나.

제4부

사막에 그 서늘한 냉기 깃들게 하라

그것은 인간의 얼굴보다
달의 어두운 면에 더 가깝다.
타락한 영혼
말없는
사막은 인내심이 부족하다.
만약 우리가 계속
창녀를 사막의 자손이라고 생각한다면.
인간과의 그 차가운 접촉을 끊지 마라
그런 모욕은 사막을 울리나니

어머니에게

그대 향한 갈망
나는 그대 향한 갈망으로 황폐해졌습니다
바다처럼 무한한 갈망으로
그런데 나는 날개 부러진 갈매기랍니다
만약 그대가 그대 아들이 죽었다는 소식 듣지 못한다면
이른 새벽 동틀 때 나를 찾아보세요
허나 내가 만약 플루트 같다면
나를 위해, 어머니―나의 영혼이여,
놀라운 상상과 뜨거운 눈물은 버리세요.
얼마 전엔 꿈에서도 괴로워
그대를 찾으며, 나는 어떤 이름 없는 골짜기에서 길
잃습니다
나는 고통스럽게 날아오르며 그대 이름을 부릅니다
그러면 가련한 잠은 부서진 창으로 나를 떠납니다.

어머니가 시인 아들에게 말하다

네 작고 파리한 얼굴은
복숭아나무 꽃이 피면서 활짝 피었지,

내 눈 속에 난 너를 숨겨놓았지
꽃피어 과실 맺는 네 여행길
짧도록.

너 자라면서 내 앞치마에 발자국 하나 남겨놓지 않았지.
넌 아가일 때도 네 손으로
무지개를 잡으러 뛰어다녔지,
허나 매번 무지개는 하늘에 하얀 머리채를 남기고
사라져버렸지.

넌 울면서 돌아왔지.

이제 넌 울지도 않고 무지개를 잡으러 뛰어 다니지도 않지.
넌 언어라는—너만의 무지개 가지고 있으니.
이것이야말로 귀한 아름다움 아니겠니?

<

옛날에 난 내 손바닥으로 네가 자라는 걸 재어 보았지.
이제는 다른 사람들이 네가 쓰는 시행으로
네가 얼마나 자라는지 재어 보겠지.

너는 시인이야
그런데 시인들의 영역은 무한한 공간으로까지 확장되
는 것이지.

그대들은 왜 나를 그렇게 바라보는가?

친구들이여, 친우들이여,
그대들은 왜 나를 그렇게 쳐다보는가?
나는 알지.
내 과거는 하나의 긴 모험이지.
허나 나는 미국으로 가면서
잃을 게 하나도 없었지.

미국으로 가면서
나는 모든 것을 잃을 수도 있었지.

이민자들의 일기

옷소매를 붙잡힌 채 폭력으로 붉게 물든
깨진 금속을 가로질러 발끝으로 살금살금 걸을 때
우리는 우리의 소리 없는 아우성이 떨리는 것을 들었다
그들이 누그러질 때까지.

20세기는 그들을 부활시켰다,
악어들로 피투성이가 된 경이로운 전장들,
병들어 죽어버린 자들을.

우리의 영혼이 숙성되어,
우리의 선한 감정들이
죽음을 무릅쓰고
파도 같은 힘으로 솟아올랐다.

지구상의 거리들의 영혼들 위로
그들이 눈물로 축 처진
슬픔의 망토를 던질 때까지.

미국인 노숙자

가게 진열장의
근사하게 차려 입은 마네킹의
나무 시선을 지나,
그대는 마치 길 잃은 듯 걸어간다,
축복받은 미국의
유리창 뒤 마네킹의 사지는 따스하네.
그대는 신화의 썩어빠진 판자를 따라
물집 잡힌 발바닥으로 걸어간다,
그대 눈물은 그대가 걸어가는 곳에서 파편이 되네.
그대의 문장에는 서명이 없지만,
그대의 슬픔은 여기서도
고향 그리워 후벼판 듯 텅 빈
내 가슴 속에 울리고 있네.

뉴욕 스카이라인

신과 같은 꿈의,
신비한 창조, 투명한
여러 색깔의 유리 옷을 입고,
그것은 우리의 지문을
우주에 써 놓는다

그 안에서 인간의 가쁜
호흡을 늦추지 않고,
그것은 고요가
소음을 유발하게 하고
소음이 고요를 드러내게 한다.

하늘의 자수, 인간 정신의
시적 우주발사기지,
대지와 하늘 사이
번역 속에 길 잃은 풍경,

빛의 곡예,

높은 줄타기

그것은 시간으로부터 도시를 풀어놓는다.

당唐 사상의 미로

만물의 신과 천국의 우상이
별들의 예언을 산으로 바꾸어놓았다.
그날 클래슬은 세례를 받고 하나님의 도시로 들어갔다.

그것은 별들의 은신처에서 자신의 날카로운 펜으로
인류에게 원시 예술의 중요성을 가르쳐주는
법칙과 도덕적 경구를 새겨 넣었다.

호랑이와 표범은 같은 동굴에 갇혀서
인간이 되게 해달라고 빌고 또 빌었다.
그들은 세상이 대수 체계에 불과하다는 것을 알지 못했다.

그들은 화산재의 냄새에 적응해야 했고,
사랑의 이름으로 그들의 눈으로 태양을 벗겨야 했다.
화가 난 호랑이는 쇠사슬에 자기 이빨을 부러뜨렸다.

표범만이 인내의 벽으로 동굴을 장식하고
숫자로 만든 여성으로 변했다,
열정과는 달리 로마 숫자에는 0이 없다는 것을 알지
못한 채.

그라뷰타의 인큐베이터 안에서 1)

당신이 내게서 할퀴어 간 그 살덩어리로
당신의 전체주의의 그 부드러운 한 부분에 폭력을 행
하라.

그것이 죽인 병균은 다시는 살아나지 못하겠지만
우리는 이미 생존의 기적을 견뎌왔다,

우리 대부분은 그때 당신이 거기에 있다는 것만으로
희망의 열이 2도 올라간다.

내 진정한 사랑은 이 내버린 비전이 아니라,
이런 욕망의 무정부주의가 아니라,

이렇게 꿈에 종속되는 것이 아니라,
반계몽주의 영역으로부터의 신앙의 회귀도 아니다.

---

1) 알바니아의 말레시아 지역의 사랑의 민속 여신

나의 아침은 빛의 스카프를 줄 수 없다,
미풍이 당신을 포옹하는 것을 경멸하지는 않지만.

나의 시는 당신의 소녀 같은 피부 아래서
이런 멜랑콜리한 은유를 주고받는다.

그러나 이 20년 동안 불어난
고통의 수로 죄를 증식시키지 마라,

당신이 그 효과로 당신의 폐를 가득 채우는 동안
나는 우리의 왈츠에서 당신이 속삭이는 음절을 무시한다,

나는 공연히 내 두 손으로 당신의 머리를 껴안는다
인어의 마법에 실망한 해안처럼.

하 롱 베이

하 롱 베이

응우엔 트라이의 뮤즈,
꽝 닝의 햇살.
하늘과 땅의
비밀스런 뒤엉킴

하 롱 베이

베트남의 유혹적 시선,
사랑의 저장소,
바이 토 산의
천상의 적도,

하 롱 베이

아름다움의 진원지,
고요의 사랑,
바벨탑의
은밀한 부활.

넘치는 열정과 심원한 상상의 세계
— 잭 마리나이의 시편에 대하여

최동호(시인)

잭 마리나이(Gjekë Marinaj)는 알바니아계 미국인을 대표하는 시인이다. 그의 시는 열정에 넘치며 섬세하고 감각적이며 때로는 심원하기도 하다. 그의 인간적 내면에서 솟구치는 열정은 서정시인의 용량을 넘어서는 것처럼 보이기도 하지만 그는 천성적으로 섬세한 감각을 지닌 서정시인이라고 하지 않을 수 없다. 그리고 시에 대한 그의 신념에 가까운 확신은 놀랍기도 하다. 이는 우리가 살고 있는 시대가 시의 위기인 까닭에 항상 시가 인간을 위해 무엇을 할 수 있느냐는 질문을 동시에 던져야 하기 때문이다. 그러나 마리나이에게는 그가 살 수 있는 유일한 길은 시이고 그가 자신의 존재감을 드러내는 유일한 길도 시이다.

마리나이의 시적 원점은 「어머니가 아들 시인에게 말하다」에서 발견된다. 어머니의 어법을 취하고는 있지만 시의 문맥에 나타나는 것은 아들의 내면적 고백을 간접화시킨 것이라 보아도 무방하다. 이 시에서 무지개를 잡으러 뛰어다니던 아이는 당시 후일 시인이 된 화자가 가진 내면을 그대로 전해준다. 무지개를 잡지 못해 울고 돌아온 아이를 위로하던 어머니는 앞으로는 네가 얼마나 자라는지는 네가 쓴 시행으로 사람들이 판단할 것이라고 말해준다. 이 시의 핵심은 시인이 된 너는 이제 너만의 무지개인 언어를 가지고 있다고 어머니가 말해 주는 것이다. 그리고 시인들의 영역은 '무한한 공간으로까지 확장되는 것'이라고도 알려준다. 무한 공간으로 확장되는 언어를 가진 존재가 시인이라는 것은 시의 문면에서는 어머니의 목소리를 통해 이야기한 것이지만 이는 그대로 마리나이가 시에 대해 가지고 있는 무한한 희망을 입증해 주는 것이기도 하다. 시의 언어는 무지개이고 시인의 꿈은 무한 공간으로 확장된다고 생각하는 것이 마리나이의 시에 대한 확신이다.

그러나 그의 조국의 현실은 그렇지 못했다. 권력자는 그를 억압했고 인간으로, 시인으로서 무지개를 잡고자 했던 그는 냉혹한 현실에 부딪히지 않을 수 없었을 것이다. 이런 상황을 알바니아의 전설적 영웅 오메르의 죽음에 대한 시 「그들이 오메르를 죽인 그날 이래로」에서 오메르의 어머니 아이쿠나의 외침으로 표현된다. '지금도 아이쿠나는 그녀의 아들에게 무덤에서 나오라고 외친다 / 일어나거라, 일어나거라, 오, 나의 아들'이라고 하지만 전설의 영웅은 불꽃 사람이 되어 번개로 불멸할 뿐 현실에서 살아나지는 못한다. 조국의 현실에 대한 보다 구체적인 이야기는 「주일기도」나 「알바니아」 등의 시에 나타난다. 그로 하여금 조국을 탈출하게 만든 결정적인 시로 알려진 「말들」은 권력의 횡포를 적극적으로 드러내면서 인간으로서 자기 존재를 강력하게 드러낸다.

우리는 일생을 전진한다,
내내 앞만 바라보고,
뒤에 있는 것은 두려워 알려 하지 않는다.
우린 모두 이름 없는 자들,
우린 말이라 불릴 뿐이지.
　　울지도 마라,
　　웃지도 마라,
　　침묵을 지켜라,
　　듣기만 해라,
　　주는 대로 먹어라,
　　명령하는 대로 가라,
　　그런데 우린 누구 하나 똑똑하지 못하다.
왕의 말이었던 자는
고위직을 차지하고,

공주의 말이었던 자는
황금 안장에 앉고,
농부의 말이었던 자는
지푸라기 안장에 앉았지.
그들에게 불복했던 자는
항시 밖에서 잠잤지.
그러나 인간과 더불어 우리는 말로 남으리!

이 시는 명료하고 단순한 진술을 반복적으로 사용하면서
언어적 밀도를 강화시켜 독자들의 공감을 촉발한다. 진술의
방법은 우회로를 택하여 현실을 비판하는 내용을 담고 있는
데 마지막 행 '인간과 더불어 우리는 말로 남으리!'에서 권력
에 불복하는 자들의 저항을 웅변적으로 토로하고 있다. 특히
권력자의 명령에 불복하면서 '항시 밖에서 잠자'는 사람들을
화자가 호명할 때 시의 행간 속에 있는 '우리는' 어느 틈에
시를 읽는 독자들을 포함해 그들 모두와 하나가 되는 순간을
경험하게 한다. 여기서 인간과 말과 우리는 모두 하나가 되고
이는 알바니아인만 아니라 부당한 권력에 불복하는 세계 각
국의 사람들을 하나로 묶어준다.

이 감동적인 시를 통해 마리나이는 일약 보편성을 지닌 국
제적 시인으로 자신의 존재감을 드러냈다. 출두명령서를 발부
받고 최후의 순간 당국의 압박으로 벗어나기 위해 알바니아
를 탈출한 그는 친구들에게 이렇게 말한다. 시「그대들은 왜
나를 그렇게 바라보는가」에서 '미국으로 가면서 나는 모든 것

을 잃을 수도 있지' 그러나 나는 '잃을 게 하나도 없었지'라고
한 것은 오랜 후의 진술을 말하는 것일 수도 있지만 그 내용
은 망명을 결단할 당시 그가 친구들에게 말하고 싶었던 솔직
한 심정을 드러낸 것이다. 위의 진술을 통해 이 당시 그는 이
미 알바니아에서 시인으로서 상당한 명성을 얻고 있었으리라
는 것을 알 수 있다.

　미국으로 망명한 그는 초기 현실에 적응하기 위해 매우 어
려운 과정을 겪었을 것으로 짐작된다. 그러나 앞에서 인용한
시「말들」에서 '우리는 일생을 전진한다, / 내내 앞만 바라보
고, / 뒤에 있는 것은 두려워 알려 하지 않는다.'는 표현 그대
로 그는 멈추지 않고 앞으로 나아가려고 했을 것이다. 그 과
정을 드러내 주는 다음과 같은 시는 하나의 중간 단계에서
나타나는 시라고 보아도 무방할 것이다.

　노숙자 신분으로 쓴 것처럼 보이는 시「미국인 노숙자」
에서 '가게 진열장의 / 근사하게 차려입은 마네킹의 / 나무
시선을 지나, / 그대는 마치 길 잃은 듯 걸어간다, / 축복받은
미국의 / 유리창 뒤 마네킹의 사지는 따스하네. / 그대는 신
화의 썩어빠진 판자를 따라 / 물집 잡힌 발바닥으로 걸어간
다, / 그대 눈물은 그대가 걸어가는 곳에서 파편이 되네. / 그
대의 문장에는 서명이 없지만, / 그대의 슬픔은 여기서도 /
고향 그리워 파낸 듯 텅 빈 / 내 가슴 속에 울리고 있네.'라
고 말한 것은 알바니아인에서 미국인으로 변신한 그 자신의
모습일 수도 있다. 특히 마지막 '고향 그리워 후벼판 듯 텅

빈 / 내 가슴'과 같은 표현에서 노숙자를 하나의 객관적 대상으로 보는 것이 아니라 자기 자신이 겪고 있는 비참한 현실을 객관화된 노숙자를 통해 나타내고 있다는 점에서 독자에게 시적 공감을 불러일으키는 구절이다.

이 글에서 마리나이의 독자적 세계의 표현이기도 한 사랑의 시편은 깊이 다루지 않았다. 그의 사랑시편은 감각적이고 섬세하고 내밀한 언어적 연금술을 유감없이 보여주고 있다. 그의 독특한 개성이 여기서 빛나고 있는지도 모른다. 여러 가지 욕망의 요람 속에서 흔들리며 날아다닌다는 시「꿈 속에서만이라도」를 비롯하여「24시간의 사랑」,「누가 바다였던가」,「이슬이 산에 키스하듯」,「그녀는 수평선을 붉게 물들이네」등은 인간의 본성에서 촉발되는 근원적인 충동을 승화시켜 명편의 사랑시에 도달한 작품이라고 평가해도 부족함이 없을 것이다. 마리나이가 사랑을 노래할 때 자주 등장하는 바다 이미지는 네루다의 죽음을 소재로 한 시에서 절정을 보여 준다. 바다는 생명의 근원이자 사랑의 원천이며 여성의 상징으로 그의 시에 나타난다.

한 시인이 죽을 때마다, 내 안의 무엇인가가 죽어간다.
네루다를 생각하며 나는 대서양 쪽으로 걸어간다.

푸른 용의 두 눈과
최고의 세련미,
한껏 벌린 두 팔,

가장 숭고한 진지함,

그 파도에 새겨진 진정 영감을 주는 기억들로 고양되어

대서양은 네루다의 사랑의 서정시와

해안의 반짝이는 페이지를 획획 넘긴다.

―「대서양 연안에서 네루다와 함께」

한 시인이 죽는다. 위대한 시인이 죽을수록 상실감은 더욱 크다. 네루다를 생각하며 화자는 대서양 쪽으로 걸어간다. 그의 죽음을 애도하기 위해서다. 대서양은 네루다의 사랑의 서정시와 해안의 반짝이는 페이지를 획획 넘기며 시인에게 심원한 시적 영감을 불어넣어 준다. 해안의 반짝이는 페이지는 파도를 몰고 오는 바람이 날리는 해안가의 금빛모래를 연상시키는 섬세하고 감각적인 표현이다. 네루다가 머금고 있었던 원대한 시적 상징이 죽고 시인 자신의 시적 영감 속에 있던 그 무언가도 죽고 그리고 다시 태어난다.

아마도 네루다가 숭고하고 진지함을 지닌 바다와 같은 대시인이라 마리아니는 생각했을 터이고 그도 그와 같은 사랑의 서정시인이 되고 싶었을 것이다. 여기서 우리는 네루다 또한 체제에 저항하다가 오랜 망명생활을 했던 시인으로서 이에 대해 마리아니가 공감하는 부분이 많았을 것이라는 점을 상기할 필요가 있다. 위의 시를 읽고 있으면 마리나이가 결코 좁은 울타리를 넘어서지 못하는 소극적인 시인이 아니라 더 크고 넓은 세계로 비상하여 세계적인 시인의 반열에 오르고자 했고, 끝끝내 이를 성취한 성공적인 시인이었음을 알 수 있다.

전체적으로 볼 때 마리나이는 정지의 시인이 아니라 전진의 시인이다. 그는 불굴의 의지를 지닌 자기 성숙의 시인이다. 그의 상상력의 뿌리는 알바니아이지만 현재 그가 살고 꿈을 펼쳐나가려는 현실은 미국이며 그가 지향하는 것은 세계이다. 이 두 개의 서로 다른 세계를 하나로 융합시켜 상상력의 세계를 확고히 하는 것은 대시인이 되기 위해 그가 극복해야 하는 과제일 것이다. 그리스의 신화나 알바니아의 전설 그리고 성서나 대시인과의 만남을 통해 마리나이의 시는 심원한 깊이를 획득할 뿐 아니라 에로틱한 사랑시를 통해 두 개의 세계를 감미롭게 하나로 융합하는 시적 성취를 보여준다. 그가 미국으로 가도 하나도 잃을 게 없다고 친구들에게 용기 있게 말할 수 있었던 것처럼 그는 어떤 시련에 처해도 이에 굴하지 않고 자신을 확장하고 심화시키는 시인이다. 이 글의 서두에서 그를 알바니아계 미국 시인이라는 말했는데 이는 그의 시적 정체성을 지칭한 것이고 이 독특한 개성이 발효하여 주목하지 않을 수 없는 세계적 시인으로 그를 만들어 준 것이다.

분명한 것은 그가 앞으로도 프로펠라를 단 붉은 바위처럼 앞으로 나아가 더 큰 시적 성취를 향하고 있다는 점이다. 일생 동안 정지하지 않고 바위 속으로 흐르는 피가 그의 전진에 뜨거운 시적 열정을 생성시키고 있기 때문이다.

나의 세계를 나아가게 하라, 오 손에 닿는 미풍이여.

지금은 과도함에 도취한 젊음이,
　　잊혀진,
평화의 보드 게임을 하면서
붉은 바위처럼
　　재빠르게 나아갈 때다.

—「나의 세계를 나아가게 하라」

　이 시에서 화자가 결연하게 말하고 있는 것처럼 마리나이는 시련을 딛고 앞으로 나아가고 더 높이 비상하여 더욱 확고한 국제적 명성을 성취할 것이다. 그가 망명한 알바니아의 시인이라는 울타리를 넘어서 독자적인 목소리를 지닌 미국 시인으로서 자신의 입지를 확고히 했으며 여기서 머무르지 않고 네루다와 같은 세계적인 시인으로 성장하게 되었다고 말할 수 있다는 것이다.

　무지개를 잡으러 갔던 소년은 이제 언어의 무한한 연금술을 터득한 세계적 시인의 반열에 우뚝 섰다. 그가 지닌 상상력의 심원한 깊이에서 어머니는 낮은 목소리로 속삭일 것이다. '이제 사람들은 네가 쓰는 시행으로 / 네가 얼마나 자랐는지 재어 보겠지'라고. 아마도 이 말소리는 어머니가 전하는 목소리일 뿐만 아니라 시인이란 운명을 가지고 태어난 사람이 끝내 피할 수 없이 들어야 하는 자기 자신과의 운명적인 속삭임일 것이다.

Charlotte Karam, *US Translator*

"잭 마리나이는 숨겨진 다면성을 지니고 있다. 알바니아계 미국인의 아이콘으로서, 그는 각각의 연縣으로 그의 복잡한 과거를 수줍게 드러내 보이는 시적 천재임을 입증했다. 단지 펜 하나로, 이 한 사람은 어떤 정치가가 해내려고 꿈꾸어온 이상의 것을 알바니아의 사회를 위해 해내었다."

Ramadan Musliu, *Poeteka*

"잭 마리나이의 시는 인생의 문제들을 직접 다룬다. 그의 시들은 즉각적으로 영감을 주며, 서정적이고도 감각적이며, 명쾌하면서 추상적이다. 그는 상반의 아이디어, 대비적 이미저리, 그리고 대조적 의미 사이의 균형을 창조하여 이 양자를 화해시킨다. 무엇보다 그의 시는 정통적이고, 독특한 창작법, 독특하게 우아한 모티브, 비유적 문체, 시적 인식과 생생함을 지니고 있다. 그의 시는 우리가 일급의 시로 구별해야 할 시이다."

Ndue Ukaj, *Drita*

"잭 마리나이는 알바니아 시의 새로운 봉우리를 상징한다. 그

의 혁신적이고 현대적인 독특한 시적 요소들은 지난 20년 간
알바니아의 문단에서 참으로 탁월하다."

Dhurata Hamzai, *TemA*

"이 서평의 제목, "성경 페이지 같은 잭 마리나이의 시들"은
그의 시에 존재하는 다층적 의미, 그리고 그의 독자들에게 신념
을 심어주는 그의 전반적인 시적 행위의 다구성多球性에 영향을
받은 것이다."

**Dr. Frederick Turner, a candidate for Nobel Prize
in Literature,** *Express*

"마리나이는 청년의 재기와 성숙한 성인의 에로틱한 에너지를
가지고 분출하듯 등장했다. 그는 마력적인 사실주의를 넘어, 형
이상학적 기상을 넘어, 심지어 동유럽의 현란한 초현실주의를 뛰
어 넘어 우리에게 세상을 보는 법을 보여준다. 그것은 우리가 얼
마나 많이 인간 문명에 대한 최초의 희망에 찬 새벽에 아직 머
물러있는 가를 보여주는 것이다."

Edmond Ndoja, *Malësia News*

"잭 마리나이는 말레지아 에 마드헤와 알바이나의 자긍심이다. 우리 나라는 이런 위대한 지식인의 존재를 그리워한다, 그러나 한편, 그는 가는 곳마다 우리를 영예롭게 한다."

Eric Nicholson, *The UTD Mercury*

"〔마리나이의〕 시는 센세이션이었다. 신문이 스탠드에서 다 사라져버렸다; 아침 나절에 전국의 신문은 다 팔렸지만, 입으로 전해지는 말은 들불처럼 계속 확산되었다. 신문을 가진 사람들은 종이 조각에 시를 베껴 써서 낯선 사람들에게 전해주었다. 어떤 사람들은 길에서 이 시를 행인들에게 읽어주었다. 전국이 무명의 젊은 시인이 쓴 시를 두고 흥분으로 열광했다."

Cindy Hulbert, The Durango Herald

"수많은 언어로 번역된, 21행의 시 "Horses"는 독재 시대의 알바니아의 현실을 반영하는 가장 믿을만한 시적 아이콘으로 간주된다."

Nguyen Quang Thieu, *CUA BIEN*

"잭 마리나이는 이렇게 썼다: "Your small, pale face opened up/ with the blossoming of peach trees," 이 두 시행은 아마도 그의 시집 『투명한 희망』(Translucent Hopes)의 전체적인 정신을 가장 잘 보여주는 예가 될 것이다. 마리나이는 우리 삶의 고통, 두려움, 그리고 죽음의 어두움을 다 보았다. 그 어둠으로부터 그는 조용히 그러나 힘차게 빛을 부른다. 그리고 그 빛은 세상의 영원한 꽃들처럼 영광스럽게 나타난다. 이 두 시행은 시의 정의이다. 그리고 그는 시인의 정의이다.

Mujë Buçpapaj, *Nacional*

"잭 마리나이는 대담하게 새롭고 세련된 시적 코드를 창조해 내었다. 현대시의 자산인 그의 시는 다른 시인들이 이르러야 할 수준을 높이 설정해놓고 있다."

잭 마리나이|Gjekë Marinaj, PhD

잭 마리나이는 일생을 경계를 넘으며 살아왔다. 그는 조국 알바니아의 억압적인 공산주의 정권이 가한 한계를 넘어섰다. 저항 시인으로서 그는 알바니아에서 전 유고슬라비아, 그리고 미국으로 이동하면서 국가 간의 지리적 경계를 넘었으며, 작가이자 번역가로서 언어와 문학, 문화에 있어서 미국과 알바니아 사이의 도체의 역할을 하면서 언어적 경계도 넘어섰다.

활발한 국제문학 번역가이자 학자인 잭 마리나이는 알바니아계 미국 시인이자 작가이며 문학 평론가이다. 철학자이자 평론가로서 그는 평화와 긍정적인 사고를 고취시키고자 창안한 문학비평의 한 형식인『프로토니즘: 이론의 실제』(*Protonism: Theory into Practice*)의 창시자이다.

그는 문학, 문학 번역 연구로 인문학 박사학위를, 세계문학연구로 인문학 석사학위를, 그리고 문학연구로 학사학위를 텍사스 주립대학, 달라스에서 취득했으며, 에커만 센터에서 홀로코스트 연구 자격증을 취득했다. 마리나이는 22권의 시집, 저널리즘, 문학비평 그리고 문학 번역서를 출간했으며 그의 작품은 벵갈어, 프랑스어, 독일어, 이탈리아어, 루마니아어, 세르비아어, 스페인어, 베트남어 등 10개 이상의 언어로 번역되었다. 시집과 산문집으로는『나를 떠나지 말아요』,『무한』,『거울의 다른 쪽』,『비밀에 부칠 수 없는 것들』등이 있다.

조국 알바니아의 국가 대사직을 가지고 있는 마리나이는 조국의 정치적 사회적 격변기인 1990년 전체주의의 삶의 압박에 신음하는 알바니아 국민들을 열광시켜 결국 그를 미국으로 도피하지 않을 수 없게 한 시,「말들」("Horses")의 저자이다.

그는 알바니아-미국 작가회가 수여하는 골든 펜 상(Golden Pen Award), 그의 문학이론서(『프로토니즘: 이론의 실제』)로 알바니아 부커 맨

문학상(Albanian BookerMan Prize), 국가/세계문학에 기여한 공로로 매년 알바니아 문화부가 수여하는 알바니아/국제 작가상인 프제터 아르브노리 상(Pjetër Arbnori Prize), 베트남 작가연맹이 수여하는 베트남 국가 문장 상(Insignia), 이탈리아 국가 작가상 등 많은 국제문학상을 수상했다.

그는 잡지 블루 투스(Blue Tooth)가 시행한 미국 거주 알바니아계 미국인 중 가장 중요한 7인 중 한 명에 선정되었다.

현재 문두스 아르티움 출판사(Mundus Artium Press) 디렉터이자, 『문두스 아르티움』(국제문학 예술 저널)의 편집자이며 달라스의 리치랜드 대학(Richland College)에서 세계문학, 영어, 커뮤니케이션 등을 가르치고 있다. 미국 시민으로 텍사스, 멕키니(McKinney)에서 아내 두시타(Dusita)와 함께 살고 있다.

2001년 알바니아-미국 작가회의를 창설한 마리나이는 현대 알바니아, 미국, 다른 국제적인 작가들과 공조 작업을 하고 있으며, 미국 시인이자 학자인 프레더릭 터너와 공역으로 구비 시선집을 출간했다.

유럽의 많은 대학에서도 가르치고 있는 그의 주요 저서인 프로토니즘 이론의 독창적 철학은 그의 다원론적 문화 비전의 핵심이다. 그가 정의하는 프로토니즘은 형이상학적이고 인식론적인 암시를 지닌, 문학비평의 실제를 위한 방안이다. 전통적 문학 비평과 달리 프로토니스트 비평가는 텍스트의 미학적, 지적, 도덕적 가치를 독자적으로 추구하며, 마리나이는 프로토니즘이 국제적으로 예술적 영역을 넘어 비평적 실제와 이론에 보편 적용가능하다는 점을 강조한다. 프로토니즘이라는 용어는 원자 물리학에서 도출한 은유이다. 불안하고 가볍고 부정적인 전자를 강조하는 대신, 프로토니스트 비평가는 지속적이고, 무겁고 긍정적인 양자에 주목한다. 마리나이의 프로토니즘 이론은 5개의 중요한 원리인 진리, 조사, 보상, 윤리학 그리고 양성생물학으로 구성된 것으로, 언어와 그 다양한 언어학적 확장에 기초한 긍정적 지향성의 화용론, 의미론, 그리고 통사론의 지적 통합을 대변한다.

김구슬金구슬 Kooseul Kim

김구슬은 한국외국어대학교에서 불문학을 공부한 후 고려대학교에서 영문학으로 박사학위를 취득했다. 협성대학교 영문과 교수로 학장, 대학원장 등을 역임했으며 현재는 명예교수로 있다. 한국T.S.엘리엇학회 회장, 한국동서비교문학학회 부회장 등을 역임하고 UCLA 객원교수 등을 거치면서 세계문학 동서비교문학 등을 연구했다.

2009년『시와시학』으로 등단하여 시집『잃어버린 골목길』, 루마니아어 시집 *Frumuseti Fanite*(『아름다운 상처』), 영어 시집 *Lost Alleys*를 출간했다. 미국 텍사스주립대학 출판부 산하 Mundus Artium Press에서 출간된 영어 시집은 100여 개 이상의 현지 매체에 '한 한국 시인의 구원의 시, 국제적 감각의 시'로 소개되어 크게 주목받은 바 있으며, 영어, 이탈리아어, 중국어, 베트남어, 러시아어, 루마니아어, 아제르바이잔어 등 다수의 언어로 번역 소개되었다.

저서로는『T.S. 엘리엇과 F.H. 브래들리 철학』,『현대영미시산책』,『T.S. 엘리엇 시』외 다수가 있다.

홍재문학대상, 베트남작가연맹 국제시축제상, 몰도바공화국 작가연맹 문학상 등을 수상했으며, 현재는 세계 각국의 시축제에 참여하여 한국시를 소개하고, 다수의 시집을 영역, 한역하는 작업을 하고 있다.

지은이: 잭 마리나이Gjekë Marinaj
알바니아 출신 미국 시인, 문학평론가, 번역가. 달라스의 리치랜드 대학(Richland College)에서 세계문학을 가르치고 있다. 문학비평『프로토니즘(Protonism) 창시자.『나를 떠나지 말아요』『무한』 등의 시집과 산문집이 있다. 저술은 세계 10개 이상의 언어로 번역되었다.

옮긴이: 김구슬金구슬
경상남도 진해 출생. 시인, 번역가, 영문학자이며 협성대학교 명예교수. 시집『잃어버린 골목길』, 루마니아어 시집 *Frumuseti Fanite*(『아름다운 상처』), 영어 시집 *Lost Alleys* 등 다수의 시집이 있다. 홍재문학대상, 몰도바공화국 작가연맹 문학상 등 수상.

서정시학 세계 시인선 011
대서양 연안에서 네루다와 함께
_____

2020년 06월 30일 초판 1쇄 발행

지 은 이 · 잭 마리나이
옮 긴 이 · 김구슬
펴 낸 이 · 최단아
펴 낸 곳 · 도서출판 서정시학
인 쇄 소 · 상지사
주   소 · 서울시 서초구 서초중앙로 18, 504호 (서초쌍용플래티넘)
전   화 · 02-928-7016
팩   스 · 02-922-7017
이 메 일 · lyricpoetics@gmail.com
출판등록 · 209-91-66271
ISBN 979-11-88903-52-8   03820

계좌번호: 070101-04-072847(국민은행, 예금주: 최단아)

값 14,000원

* 잘못된 책은 바꾸어 드립니다.
* 이 시집은 잭 마리나이의 시들에서 선別하여 우리말로 옮긴 것이다.
* 각주는 작가 각주 외 필요한 경우 역자가 보충 설명한 것이다.

   이 도서의 국립중앙도서관 출판예정도서목록(CIP)은 서지정보유통지원시스템 홈페이지(http://seoji.nl.go.kr)와 국가자료공동목록시스템(http://www.nl.go.kr/kolisnet)에서 이용하실 수 있습니다.(CIP제어번호: CIP2020024629)